KB130225

청어詩人選 445

돌
세공하듯

류봉희 시집

청어

돌 세공하듯

류봉희 지음

발행처   도서출판 **청어**
발행인   이영철
영업   이동호
홍보   천성래
기획   남기환
편집   이설빈
디자인   이수빈 | 김영은
제작이사   공병한
인쇄   두리터

등록   1999년 5월 3일
          (제321-3210000251001999000063호)

1판 1쇄 발행 2024년 6월 10일

주소   서울특별시 서초구 남부순환로 364길 8-15 동일빌딩 2층
대표전화   02-586-0477
팩시밀리   0303-0942-0478
홈페이지   www.chungeobook.com
E-mail   ppi20@hanmail.net

ISBN   979-11-6855-253-1(03810)

본 시집의 구성 및 맞춤법, 띄어쓰기는 작가의 의도에 따랐습니다.

나무늘보 속도로
자음과 모음을 줍고
또
새롭고 다양한 길 찾아
묵묵히 거닐어도
누구나 많이 공감할 수 있는
글쟁이고 싶다.

2024년 5월
류봉희

차례

하나

둘

셋

하나

어머니

언제나 향기 가득한 사랑을 주시고
아스팔트 깔린 문 앞까지 나와
자애로운 사랑은 표현 못 하시고
너무도 조용히 사라져가는
자식의 그림자 지켜보셨구나

뒤돌아보면 그곳에 항상 머문
어머니의 사랑 보일 것 같아
가슴 가득 불효의 눈물 훔치고
끝없이 흐르는 어머니의 사랑
빗물같이 내 몸속으로 젖어든다
눈물이 내 가슴 속으로 파고든다

Mother

(Trans. Woo Hyeong-sook)

She always gave us her fragrant live.
Though she didn't express her affection,
she came out to the gateway of asphalt pavement.
And keeping too silent,
she just watched her child going away.

If I look back, her love may be seen
at the place where she used to stay.
I wipe away the tears of being unbeautiful.
My mother's endless love
flows into my body like rainwater.
Her tears dig into my heart.

너머로

너머에 계시죠
마음이 외로울 때
하늘 위로
편지를 써봅니다

하얀 구름이 받고
소곤소곤 바람이
읽어 줄 거라
믿어봅니다

너머에 잘 계시죠
추억을 잠시 꺼내어
대화하듯 오늘
읽어보았습니다

바람이
콧등을 울렸지만
이미 애잔한
그리움입니다

돌 세공하듯

하늘에서 내려다보면
넓고 복잡한 세상의
삶은 더 잘 보일까?

다리에 깁스하고도
봉인된 언어 가득한
책을 가지러 간다

이 세상에서
아쉬움이 없는 심장을
찾을 수 있을까?

눈물 또르르 감정이
손끝 펜의 향기가
이제는
심장에 머물러 이어지길…

바쁜 움직임이 멈춘 듯
어린 깃 끝이 파르르
부둥깃* 짓도 하다 보면
바람칼**을 배우겠지

*부둥깃: 갓 태어난 어린 새의 깃
**바람칼: 바람을 가르는 새의 날개

눈이 이쁘다

눈이 이쁜
사람이 좋다

눈이 이쁘면
마음이 밝은
사람들이 많다

마음이 밝으면
행복해서
나는 즐겁다

행복은
소소함으로
찾아오고
너는 눈이 이쁘다

두근두근

그대에게
보여주고 싶은 것이 있네

오늘 밤 문득
편지를 쓰다 지우니

어두운 하늘에서
소복소복
하얀 눈이 내려와
백지처럼 세상을 지우네

나 그대에게
하고 싶은 말이 있네

오늘 밤 문득
설렘을 내뱉다 삼키니

하늘에서 내린 눈도
소곤소곤
곁에 머물며
내 심장에 속삭이네

무명초

모르는 사이에 조금씩 조금씩
꼭짓점을 향하여 걸으니 두둥실
스친 듯 가벼운 향기가 따라 걷네

향기 없고 이름 없는 풀
바람에 쓸려 어디까지 갈까
슬며시 묵향을 섞어 휘두르네

지금 서둘러 뿌린 향기
꼭짓점을 통과해도 향이 있을까
주절거림은 소리 없이 하늘을 보고

홀로 남겨질 것에 대한 미안함
홀로 떠다닐 것에 대한 고마움
품앗이 품앗되어 향기를 남기네

봄꽃

드디어
입술 벌려
혀를 내밀었구나

그동안
꼭 닫힌 문 때문에
오돌오돌 떨었단다

야야 온몸으로
서리를 맞으며
기다린 보람이 있구나

애태우며 핀 봄꽃
긴 숨 걸음이 눈물겹고
새로운 삶이 떨려 운다

부용의 눈물

얼마나 그리우셨으면
임 가신 녹천당에서
사후를 논하셨습니까

얼마나 보고 싶으셨으면
평안 성천에서
천안 광덕으로 오셨습니까

그렇게 못 잊으셨으면
합장이라도 하시지
산책로에서 임을 기다리십니까

부용
그대의 눈물이 촉촉하게 젖어
아직도 봄비로 내립니다

아우내 공원

바람이 아우내 공원을
세차게 휘몰아 돌고 갑니다

사람의 발길이 아쉬워
옷깃을 부여잡게 하고
가슴 깊이 흔적을 아로새깁니다*

눈을 감으니
바람이 시를 읊조립니다

그동안 잊혀 왔던
유관순 열사의 아픔이
센바람으로 다가와
얼얼하게 합니다

*아로새기다: 또렷하고 솜씨 좋게 파서 새기다

음악 카페

산길 늦은 밤
음악 소리에
발길이 머문 곳

시원한 바람이
지리산 자락에서
내려오고

음향은
내 귀를
흥겹게 한다

아집조차 녹이는
여기가
무릉도원인가
하노라

집게

소라게가 지나간다
등에 소라가 없으니
이젠 집게가 되었다

바닷가에 빗물이 스며들 때
어딘가 모를 허무
어깨가 흔들리는 듯하다

아무것도 없다, 바보다
계획도 없다, 준비도 없다
그런 삶이 슬프다

소라껍데기 하나 줍고
곁에 놓는다
이런 모습이 겹쳐 보여
난, 더 슬프다

차선책

끊어질 듯한 통증
못 일어날 것 같은 예감
타이밍 좋게
몸이 말을 걸어온다
"너무 힘들어"
그러나 나에게 나는
"참아, 조금만 더"
통증을 동반한
기다림을 요구한다
아마도
예약이 없는 미래를
못 느꼈나 보다
"젠장"
사람 냄새라도 모르련다

칠보산 오르며

숨을 내쉬며 오른 이곳이
정상은 아니지만 그래도
활목재라네

반대편 청석재보다 조금 더
껄떡이며 오른 중간지점
깔딱 고개라네

잠시 걸음 멈추고
휴식이 필요한 곳
지천명 삶도 이쯤인가

오늘
보이지 않던 풍경이 보이고
느끼지 못했던 소리가 들리네

현실은 아프다

아름답게 익어가는
붉은 하늘을 보면서
행동은 멈추고
두 눈은 파르르

동생이 보내온
음성파일 하나
어머님 진단서

듣고 또 들어도
현실은
부정할 수 없는 게
아프다

전화를 걸어
엉뚱한 대화만 나누다
음성을 가슴에 담는다

아름답게 익어가는
저 하늘보다
지금은
어머니 음성을 되뇐다

둘

3월의 봄

봄에
비가 아닌
눈이 내리네

겨울이
시샘하여
눈물 흘리네

잠깐 넋 놓으니
3월에
봄눈 내리고
이렇게 지나가네

봄꽃은 피고
겨울은 울고
그렇게 지나가네

간식

여름이면 생각나는
기억 너머 하천

아주 어릴 때
형제들과 함께 갔던
맑은 물 흐르던 흑석리

구봉산을 옆에 끼고
모래와 자갈을 품으며
물살이 숨을 토했었지

맑은 물
몸이 먼저 덤벙덤벙
언제 또 모여
낭만을 즐길 수 있을까!

이제는
간식처럼 되뇔 뿐이네

겨울나기

몸이 소리를 듣는다
시각으로 감지하기 전에
청각으로 듣기 전에
미친 기운이 순간에 왔다

초능력이 생겼던 것일까
차갑게 비가 내리는데
다시 행운이 왔다 갔는지
몸이 움츠러든다

닭살 소름 돋아나고
영감으로 느껴지는 착시
이거였던가
몸이 소릴 먼저 듣는다

빗길 수막은
블랙 아이스와 같으니
비 내리는 날에 몸이
겨울나기를 잊지 않았다

길 찾기

들꽃이 사그라지니
나는 잊은 듯
씨앗을 찾지 못하였네

허공 속 생명처럼
처절한 사투도 잊음으로
침묵 속에 나는 묻었네

길에는 흔적으로
처절함이 있었을 텐데
침묵은 고요하네

어느 날 문득
틈 사이 생기면
툭 하고 그때 찾으려나

길

마실 가듯 걸으니
산 정상이오
올라왔으니
내려간다는 사람들

무엇을 나는 놓쳤는가
지평선처럼 늘어선 길
그저 아무 생각 없이
뭉그적뭉그적

수평선은 보이나
내가 딛는 것이
꿈속인지 물속인지
멈추면 아픈 현실

소통은 무엇이고
불통은 또 무엇인가
움직이지 않는
내가 바보인 것을

대부도 바다를 보며

바닷물에 씻기고 깎여
이쁜 돌이 되었네

상처를 입은 바윗돌에
스치는 바람 잠시 앉아
물 빠진 갯벌을 보고 가네

전신탑이 바다를 아프게 하고
바다가 바위를 상처입히고
바람이 잠시 위로를 하네

이른 아침
대부도 바람은 참으로 차고
그런 바람도 바윗돌은 스치고
숨 깊이 혜택은 내가 얻고 가네

대화 1

산을 그냥 보았다

공간을
접고 보니
바위에
앉은 듯한
사람이 보였다

웃는다, 아니
홀린 듯
내게로
미소가 왔다

지금도
산을 그냥 보고 있다

대화 2

나무가
그리고 내가 하나인 듯
잎이 떨어지고
아쉬움이 흩어진다

가을은 흐르고
겨울은 다가오지만
아무런 준비도 없는 나는
아직 봄이 멀기만 하다

익어가는 산을 보며
겨울나기를 준비하는 세상
나는 그런데도
눈만 끔뻑이고 있다

외톨이
세상과 동떨어진 곁돌이
그런 나를 보는 너도 그러하니
흐트러지고 흩날릴 것들

독도

바다와 바람이 함께하는 섬

문득 보고 싶어 검색하고
어린아이처럼 어느새
부등깃 짓하며
바다를 날아가고 있다

아름다운 영상이
스케치 되고
어제 검색한 그 장소에서
나는 바다를 보고 있다

바다가 허락한 섬 독도
영상처럼 아름답구나
천둥, 소리?
젠장 꿈이었던가!

알람 소리에 벌떡 앉아서
현실을 느끼며 아이코…
일장춘몽

직접 내디뎌야 알 수 있는 섬

모닥불

컴컴한 밤에
너는 숯 사이로
틱 티딕 부딪치며
노래를 부르고

컴컴한 밤에
너는 춤꾼처럼
실루엣으로 나를
휘감으니

붉게 움직이는
순수한 힘
툭 던져 부숴도
흩어졌다 다시 모이고

그런 몸부림은
순간적 빛으로 내게
생명의 깨달음을
남긴다

몽마르뜨*

냇물이 흐르고
카페에 앉아
맑은소리를 듣는다
사르르 사르르

몽마르뜨
두두드 음 두두드
귓속에서 음률이
사르르 사르르

나는 옛 기억을 찾으며
음률 소리에 앉아서
사르르 사르르
시간을 거스르고 있다

하늘의 안쪽에서
성의 안쪽으로
사르르 사르르
몽마르뜨 찾아왔다

*몽마르뜨: 라이브 카페(경기 안성시 도기6길 7)

바둥거리다

낯설다
지금 이 시각이
자동차 바퀴 굴러가듯
움직여야 할 시간
난 멈춰져 있다

봄 햇살 비추고
닫힌 차창 너머로
따스함이 묻어 있는데
낯선 환경에 놓인
생물처럼 불안하다

어떤 부품이었을까
잘 짜인 톱니바퀴처럼
그렇게 돌고 있는데
내가 멈추어 있는 사이
세상도 잠시 주춤했을까?

지금 하늘은
미세먼지 가득하고
내 마음은
애달픈 초침으로
냇물처럼 흐르고 있다

시간을 당기며

하얗게 덮인
광덕산을 바라보며
잔잔한 음악이 흐르는
카페에 앉아
시간을 잡아당긴다

칼바람은 또 이렇게
소리 없이 흘러가는데
차 한 잔 들고 아쉬움에
당기고 또 땅긴다

땀 한 방울 흘리고
눈물 한 방울 떨구고
이제는 아쉬워도
그리움 보내듯
당김을 놓아야 한다

따스한 차도
생생한 목소리도
짤막한 게으름도
한 움큼이었나보다

당기고 싶은 시간은
마음의 병 같으니
눈물은 언제나 먼저
주르륵 흐른다

무심

들꽃 향기 맡으며 서 있네
외진 공터에 꽃이 피었네
홀로 서성이는 이곳에
들꽃과 잡초뿐이네
무엇을 얻는가
무엇을 구하는가
지금, 이 순간 아무런 의미가 없네!

들꽃 향기 맡으며 서 있네
외진 공터에 꽃이 피었네
홀로 서성이던 이곳에
나비도 드문드문 놀러 오네
무엇을 찾는가
무엇을 바랐는가
지금, 이 순간 아무런 의미가 없네!

야유회

산마루 너머
찌르르
물이 흐르네

산마루 너머
물소리에
웃음꽃이 피네

음악이 흐르고
물이 흐르고
웃음이 꽃피네

5월의 바람이
산마루에 머물고
미소를 품었네

이끼

숲이 너를 숨겼구나!
고목이 너를 품었구나!

밤새 내린 폭우가
너를 어찌하지 못해
맑은 물만 졸졸

오대산
월정사를 거닐다
너를 보니

밤잠을 설치며
괜히
걱정했구나!

아침에
날이 좋아서
햇볕이 따뜻해서
너도 빛이 났구나!

초심은 외출 중

아프면 아프다고
엉엉
표현해 주던 언어

슬프고 괴로우면
토닥토닥
두드려 주던 손

시향은 있는데
무엇을 잊었는가
휑한 시간뿐

곁에 든 자리 없고
나간 자리 없는데
시간도 춥다 하네

빠지직 떵
아하
초심이 외출 중!

추워요

추워요
눈이 와서 추워요
두꺼운 옷 입어도 추워요
실상
마음이 차가워 그런데
따스한 난로 어디 없나요?
추워요
비가 내려서 더 추워요
길고양이들이
공장 주변을 기웃거린다
니냐옹 냐옹

셋

공유

가을이라
쌀쌀할 줄은 알았지만
우박이 내릴 줄은 몰랐네

하천 근처라
안개 자욱할 줄은 알았지만
빗줄기로 때릴 줄은 몰랐네

모처럼 힐링 공간에
마음과 마음들이 모였고
아픔을 서로 위로하며 웃었네

어기어차 웃고
어허 둥둥 어깨 춤추고
빗줄기 내려도 괘념치 않았네

나만 그런 것이 아니길

과거에 무엇을 하였던
컴컴하고 끈적거린 늪에 빠지면
칼날 같은 아픔이 스며들고
모두 다 힘이 드는 것이며
나만 아프고 그런 것이 아닙니다

과거의 흔적을 생각하는 것보다
미로 같은 삶이라도
행복해질 수 있는 꿈을 찾는다면
모두 다 잊히고 그럴 것이라
나만의 생각은 아닐 겁니다

시간은 지금도 애증으로
꿈틀거리며 지나갑니다

내가 나에게

너는 앞을 보고
나는 뒤에 서서
온종일 운다

세상살이 버거우면
잠시 쉴 수도 있는 것을
뒤통수 맞고 넘어지고
부서져서 온종일 운다

가슴 속 젖어드는
울음소리
먹먹한 삶도 지나면
추억이 되겠지

들판의 곡식을 먹고
나뭇잎 이불을 덮으며
흙으로 돌아갈 몸

언제쯤 행복이 찾아올까!
아 언제 웃음이 찾아올까!

너는 나를 보고
나는 너를 보고
이제라도 웃자

늪 속으로 가기 전

아프시죠
후회의 시간은 많으니
울부짖음의 통곡은
천천히…

지금
이 순간은
얇은 선의 통로라도
찾아 놓으셔야 합니다

그대에게 붙은 악몽
곧 늪 속으로 걸으니
임이여
부디 힘내소서

그대의 가족
그대의 지인들은
빈곤의 늪에서
지워드려야 합니다

데자뷔

어젯밤
언어의 이삭들이
저장을 안 했다고
스르륵 도망갔네요

간헐적 건망증인지
종종 흘리다가
갸우뚱하고
기억마저 지워요

만약에
그런 거라면
좋은 기억부터
지워주세요

언제나
좋은 기억만
지워지도록…

마니토

거미줄에 나방이 붙어 톡 건드려 보고
이미 생을 예감했는지 몸부림이 미약한데
슬금슬금 저 너머 공포가 언제쯤 올까
심장 떨림만 남은 몸짓이
오늘따라 유난히 애처롭다

꽉 짜인 틀 속에서 꿈틀꿈틀
나의 몸짓도 별반 차이 없는데
이번에 응원을 보내볼까
뒤돌아서며 아는 듯 모르는 듯
새끼손가락이 거미줄에 닿았다

나의 마니토도 이렇게 오실까

맞춤 의자

아리고 슬픈 상처
어제까지의 기억
오늘부터 잊으시오

새벽닭 울면
짖어대던 멍멍이도
오늘은 고요하리오

힘이 들고 외로울 때
곁에 있어 줄 테니
언제든 앉으시오

쉬는 휴일에도
먹먹함은 이곳에
내려놓으시오

그댄 나를 믿고
가볍게, 가볍게
걷기만 하시오

매듭 묶기

느려
움직임이 느려
내 몸이 아닌 듯
뭉그적뭉그적

느려
생각이 너무 느려
담 너머 불구경하듯
갸우뚱갸우뚱

손과 발이 있고
음과 양이 조화를 이루는데
왜 홀로 이해를 못 해
퉁퉁 입만 나오나

마음은
저 앞에 걸어가는데
생각과 몸은 멈춰 있고
인연만 스르륵 지나가네

사르르

바위산
얼어붙은 땅에도
새 생명은
봄을 알리고 있소

먹먹하겠지만
틈새 보이거든
뇌 떨림은
떨치고 나오소서

힘겹게 줄 당긴
그대를 위해
추억의 탁자를
준비해 놓겠소

그대
진흙탕에서 나오거든
추억의 이름으로
사르르 아픔 녹이소서

슬픈 예감

매일 그리고 매일
소소한 행복으로
생활을 유지했네

동그란 원을 그리고
내 공간 네 공간
우리 공간을 나눴네

삶이라는 놈
욕심이 채워지면
오물이 묻어있네

두 손 놓고 있자니
체념은 싫고
사랑은 역시나 어렵네

슬픔을 잊는 법

아픔은
사라지는 것이 아니라
좋은 생각으로 덮이고
그러므로 묻히는 것입니다

저 밑바닥에서
꿈틀거리는 슬픔은
좋은 생각들이 지금
지워지고 있기 때문입니다

한 겹씩 행복이 지워지면 또
두 배의 기쁨으로 덮고
그러므로 묻히게 하여
아픔을 잊게 하소서

오늘도
소소한 행복을 만들어
아련한 아픔에 무덤처럼
쌓이게 하소서

시간 여행 1

컴컴한 밤에
떠나는 여행이 있네

중구난방
시간적 차이는 있지만
아쉬웠던
과거를 본다네

아스라이
잊은 줄 알았던
씁쓸한 얘기들

아직 컴컴한 새벽
갓 끝을 낸 여행
되뇌고 되뇌다 보니
눈물이 맺히네!

시간 여행 2

갓 깨어난 새벽

즐거웠던
젊음의 꽃은 떨어졌고

아스라이
아쉬운 눈물도 떨어졌고

이제
무엇을 더 떨궈야 할까?

아하
미련이 남아 있었구나

어허

소복소복 쌓였던 눈이
따스함에 녹았다가
추위에 다시
얼음으로 변했으니
숨어 있던 자연이 느껴지는구나

사랑이 가슴 속에서
소복소복 쌓였다가
서운함에 흩어지고
정으로 다시 뭉쳐지니
이쁜 꽃이 싹트려 하는구나

하늘에서는 사랑이 내리고
마음속에서는 얼음이 녹고
들판에는 까치 한 쌍이
다정하게 붙어있구나

언제쯤
꿈이 아닌 현실에서
이런 소식이 이루어지리
하늘에 물어보니 어허
움직이지 않는 내가 바보였구나

오지랖

나른한 오후에
멍하니
가우라꽃 봅니다

화단에 핀 꽃을 보니
살금살금 지나가는
들고양이 있습니다

보이지 않던 것이 보일 때
신기하다는 생각보다
안타까움이 더 진합니다

차라리 눈길 주지 말걸
생각에 고민만 더해져
나를 슬프게 합니다

외롭지 않게

아야
우리
가진 것이 없으면
없는 그대로 살자

아무것도 없는데
과시할 필요도 없고
적당히 갖고
행복을 먼저 찾자

아야
우리끼리
싸우지 말고
마음 편히 쉬자

나이 먹고 그 후
아무도 없을 텐데
외롭지 않게
꼭 잡고 함께 살자

이제라도

잊고 지나면
사라지는 줄 알았는데
소소한 행복을 계속해서
꺼내 쓰다 보니
아픔이 있었고
슬픔은 더욱
깊은 곳에 묻혀 있었네

기억장치의 용량이
넘쳐흐르면
사라지는 줄 알았는데
오래된 필름 사진이
과거를 기억하는 것처럼
먼지 깊숙한 곳에
모두 있었을 줄이야

이제라도 에휴
부지런히 주워야지
소소한 이야기 일지라도
슬픔을 맨 밑에 깔고
아픔을 그 위에 덮고
일상으로 바닥을 다지며
기쁨과 행복을 모아야지

중간 보고서

넌 나를 볼 수 없지
너의 뒷모습은
오지랖처럼 넓어
웃기지 마
외로워서 널
업고 가는 거야

넌 나를 갈망하지
너의 한 발 앞에
항상 있는데
괜찮아
널 추월하면
할 일이 없어지는 거야

뒤에서
그림자처럼 졸졸
마음의 빛이 따라오고
앞에서는
가냘픈 빛으로
살랑살랑 유혹하고

우주에서 바라본 지구가
별 중에 하나이듯
지구에서 먹먹한 삶이
먼지 중에 하나이기에
아주 잠깐이라도
숨을 쉬고 싶다

이봐

이봐
힘들고 외로울 때
네 편이 되어 줄게

한 걸음 뒤에 서서
쓰러지지 않게
항상 널 받쳐 줄게

이봐
웃음꽃 피고 질 때
다시 한번 봐봐

널 볼 때마다
가벼운 호감 말고
진심의 눈맞춤 할게

지르는 신

하나 더 하나
필요 없는데
필요하겠지
요런 망상에
충동구매 신이 온다

하나 더 하나
마감 소리에
조바심이 일어나고
실수는 후회가 되어
나를 슬프게 한다

생각 없이 벨을
습관처럼 누른 손
어이쿠
금전이 아니라
노년의 눈물일 것 같다

책장을 넘겨봐요

꿈을 꾸는 소녀는
즐길 준비를 하고
날이 선 현실은
아직 이르다 하네

관심은
사랑과 질투 덩어리
질투와 시기심은
스트레스

우울할 때
책장을 넘기며
넋을 놓아도 좋아요

학창 시절
추억의 맛을
잃어가는 소녀에게
현실은 속마음을
쿡쿡 찌르네

소녀여
아프면
아프다고 해도 돼요

천안을 걷다

둘이 되어버린 봄에
사랑이 울고 있네

어디로 가야 하나!
술 퍼먹고 삼거리에 앉아
기억을 되돌리며 울고 있네

하나였던 아픔이
화창한 봄에 울며 걷네

어디로 가야 할까!
산으로, 둘레길로
기억을 흩뿌리며 걷네

기억 너머에 있는 실루엣
먼지와 같이 후~
봄이 속삭이네

텔레파시

으하하
한주가 하루처럼
나를 잡아당긴다

몸은 좀비처럼
녹초가 되어
흐느적거린다

주말은 랄랄라
닭살들로 스트레스
뒤돌아서면
속마음은 부럽다

꺾이고 꺾인 시간
이슬처럼 맺혀
언제 찾을지 모를
임 곁으로 보낸다

헛똑똑이

먹먹함에 드문드문
걸음을 멈춰보니
정신없이 달렸던
텅 빈 영혼과
외로움이 있네

무심하게
지나쳐 왔던
시간의 향기도
사금처럼 흩어져
흔적을 남겼네

저 앞산 너머
휘이휘이
행복이란 언어를
반드시 나는
풀어야 하네

끊임없이 흐르는
욕망의 갈증으로
텅 빈 영혼이
또다시
앞서가기 전에

풀밭에 들꽃이

홀로 부대끼다 가는 세상
마지막으로 가는 길은
부디 외롭지 않게 하소서

이루어 놓은 것이 없어도
두 손 잡아주는 이 있으면
잘 쉬었다 간다고
그렇게 생각하게 하소서

홀로 휩쓸려 다닌 세상
뒤늦게 둘러보고 나니
풀밭에 들꽃이 있을 줄이야

저 풀밭이 들꽃의 뿌리인가?
아니면 흔적 남길 곳인가?
아아 괘념치 말고 이제는
마음 편히 누워 보게 하소서

호감이었을 뿐이야

무언가 다른
어색함이 머물더니
그대는
준비된 듯 떠나가네

굳이 오해를 찾고
홀로 변명을 만들고
그 이후로
해명하려 해도
그대는 연락할 수 없었네

슬며시 내게 보여준 사진
그대는 그 사람을 욕했지만
내가 바라본 그대는
얼굴에 미소 가득했고
나는 슬프기만 했네

오해인지 착각인지
설명도 없이
그대는
나에게 잊으라 하네

넷

간이역

새로운 환경에서 만나
까르르 웃고 어울리며
어느새 마음을 푼다

눈으로 인사하고
몸짓으로 움직이고
이제는 익숙해져 있다

사람은 그렇게 만나고
헤어짐도 그렇게
이어져갈 듯하다

혼자였던 시간
짧은 웃음을 얻고
나만의 간이역을 또
이제는 걸어야 하나 보다

고마운 인연

벗님이 나를
찾아온다 하시니
즐거움이
내게 걸어오네

일부러
먼 걸음으로
찾아와 주실
고마운 인연

맑은 향기로
꽃잎을 휘감고
벗님이
찾아온다 하시네

벗님이 딛는 길에
꽃비를 날려
나도
그렇게 맞이하리

남자의 빵

스팀에 찐 햄버거
딸기잼만 발라도
촉촉하게 입맛 다시던
군대리아 빵

지금은
다양한 맛에
눈길조차 보내지 않을
잊힌 추억

오늘
편의점 햄버거를
전자레인지에 돌려보니
겉만 추억, 속은 아니었네

수십 년 지나 생각하니
그때는 땀방울이 스며
더욱 맛있었나 보네

잊혔던 추억의 빵
군대리아

너는 가까운 곳에

나는 소소함이 좋다
넋 놓고 멍하니 있을 때도
책을 들고 있으면
마냥 좋다

나는 소소한 느낌이 좋다
수필과 소설이 아니어도
그림이 그려진 만화책이라도
시각을 살려 좋다

나는 소소한 일상이 좋다
움직이고 또 걸으며
실수해도 웃을 수 있는
현실이 좋다

그러므로
소소함이 있어 나는 행복하다

베짱이

시골길 옆 가든에서
예쁜 잔디 바라보며
와인 한 잔 들고 와

음악과 색소폰 소리
눈 감으니
귓불을 휘감고
바람 따라 일렁이네

늦은 밤 날이 새도록
통기타 튕기는 곳에서
이제는
시간을 그리워하네

왠지 모를 이슬방울이
지금
눈두덩이에 맺혀있네!

불국사에 행복을 놓고 왔었네

오늘, 저장되었던 뇌 속에서
불국사를 꺼내어 보니
그때는 몰랐던
부처님의 미소가 거기에 있었네

많은 시간이 흐르고
추억을 되뇌어 보니
불국사 사진이
친구들과 함께 남아 있네

늦지는 않았을까
함께 장난치고 웃던 친구들
저마다 잘 살고 있겠지?
이렇게나마 회상해 본다네

서라벌에 놓고 왔던 흔적
시간이 지나면 사라질 것 같더니
부처님의 미소처럼
어린 시절 행복이 아직 남아 있었네

빙빙 돌려라

빙빙 돌고 돌아
모여든 영혼
임이 없어 쓸쓸하고
지금은 외로워 보인다

어찌하다
바람 밟고
한적한 숲길 걷듯
외로운 영혼들이
시간을 벗하고 있다

맛난
비빔밥처럼
음식과 음악이 비벼져
지금
어둠을 녹이고 있다

빙빙 돌고 돌다
모여든 영혼
임이 없어도 이 어둠은
즐거워 보인다

빠름 빠름

오늘 야식은
특별한 다이어트
음식이 되겠네

주문 후 15분
빠르게 춤을 추며
음식이 왔네

상자 안의 음식은
아주 쫀득하며
날씬해졌을 듯하네

주문 후 15분
치킨 배달
소리를 들었네

사이다

늦은 저녁
불꽃을 태우려는
그들의
그을음을 보았네

새로운 봄맞이처럼
찾아갔던 그곳에서
아픔은 몸이 먼저
움직여졌나 보네

따르라 따르리라
부딪히는 소리
목젖을 거슬리는
걸걸한 소리

그래도 난
뽀글거리는 물방울로
술친구가 되어
보듬어주고 왔다네

예쁘다

길쭉길쭉
삼각, 역삼각
각양각색 얼굴
예쁘다

웃고 울고
입꼬리 올리고 내리고
단막극 표현하는 얼굴
예쁘다

동물들도
사람처럼
그렇게 표현하니
예쁘다

얼굴 몸 걸음걸이
꼬리 내리고
빙글빙글
다 귀여우니
예쁘다

웃자

찌르르
시골 향기 벗 삼아
모였으니 웃자

행운이
스쳐 가도 아직
시간 있으니 웃자

어느 날
뒤돌아서 본 하늘이
미소 띠면 웃자

행복은
웃어줄 때 아름다우니
맑은 꽃처럼 웃자

월급날

비 내리는 날

마음은 이미
제습기를 틀고
뽀송하게 보낼
그곳을 찾습니다

나의 제습기는
바로 그대입니다

삶이 삶을 갉아먹고
스쳐 가는 통장을 보며
오늘 하루는 원샷

잘했어

스담스담
오늘 잊었던 추억을
만나러 가는구나!

언제 불러 보았던가
불혹을 지나
지천명에 이르러 찾은 이름

야야 너희들
미소와 웃음은
어깨를 춤추게 하는구나!

오늘처럼 만나
저 너머 사라졌던 기억을
어느 시간에 또 회상할까?

축제에 트로트가 떴네

약속된 시간보다 빠르게
바람을 밟으며 축제에 오고
어혈을 풀어주는 옻 기운 때문인지
올백 노신사는 날아다니시고

각양각색 어울림 보며
시원한 바람처럼 잘 찾아온 듯
천사들은 지금
너울 춤사위를 추고 있네

간들간들한 소리도
귓속으로 울려 오고
풀 바람 소리에
지그시 눈을 감으며 나는 웃고

옥천의 옻 축제에
천사가 있고 내가 있고
춤사위가 있고 풀 바람이 있고
지구에서 옥천 하늘이 뜨겁네

형

푸근한 형
평범한 냇물이
햇살 때문에 빛을 냅니다

오늘 비가 내리는 날처럼
묵직했어야 할 혀가
무척 가볍습니다

왠지
많이도 외로워
사람이 그리웠나 봅니다

보이지 않았던 모든 것은
빛을 잃고 나면
빈자리를 느낍니다

형은
그 자리에 있었고
그것이 형의 온기입니다

흥이 있었네

빗방울이
바람 타고
날아다니네

마루에 앉아
막걸리
한 잔 마시고

또
김치전
한 조각 먹고

흥타령
구경은
뒤로하고

삼거리
주막에 앉아
흥만 즐겼네

존재론적 회의 속, 희망의 노래

손희락(시인·문학평론가)

1. 위기의 시대 인간의 삶

류봉희의 시는 현실적 절망을 극복하며 희망을 노래한다. 하이퍼텍스트가 지배하는 후기산업사회의 구조적 모순과 부작용 속에서 신음하는 대중을 위로한다. 국가는 비상 상황이다. 출산율 저하로 인구가 감소한다. 부동산 자산 가치는 하락하고, 금융권 부채는 상승하면서 각 가정이 해체될 위기에 처해있다. 2000년대 이후, 미디어에 오염된 인간의 의식은 현실에서 가상공간으로 이동한다. 컴퓨터 자판으로 형성된 사회는 황금과 쾌락을 채굴하는 신천지 같았지만, 착시였다. 내적, 정서적 빈곤으로 인간은 참모습을 잃어버렸다. 이런 현실을 직시한 시인은 고뇌한다. 존재가 꿈꾸는 건 행복한 미래지만, 고통으로 회전하는 현실적 모순을 시 짓기로 해결하겠다는 소명감에 불타오른다. 류봉희의 시학은 타자와의 소통을 중시한다. 시의 언어는 난해하지 않다. 언어의 발화점은 체험이다. 파편 박힌 자기 몸뚱어리다. 고로 진솔한 독백과 현실묘사가 조화된 시세계를 구축한다.

　추워요
　눈이 와서 추워요
　두꺼운 옷 입어도 추워요
　실상
　마음이 차가워 그런데
　따스한 난로 어디 없나요?
　추워요
　비가 내려서 더 추워요
　길고양이들이
　공장 주변을 기웃거린다
　니냐옹 냐옹

　－「추워요」 전문

　눈이 내린 후, 추위가 엄습한 정황이다. 4행에서 추위를 느끼는 원인은 "마음"탓이라 진술한다. 마음이 차가워 따스한 난로를 찾지만, 전자제품 중에 마음을 녹이는 난로는 없다. 이 시는 과학이 접근하지 못한 기능을 요구한다. 시인의 표현기법은 특이하다. 언어의 결은 동시풍이지만, 중량감 있는 메시지를 안착한다. 9행에서 "길고양이"

를 등장시킨 점은 특이하다. 길고양이는 희망 찾아 기웃 거리는 생에 대한 묘사이다. 화자의 시 의식은 위기의 본 질을 추적한다. 따스한 난로는 인간다움 혹은 사랑으로 인식한다. "눈비가 내려서 더 춥다"는 시인의 목소리가 고 양이 같은 인간의 도피처, 사랑 회복의 통로를 살며시 열 어 놓는다.

너는 앞을 보고
나는 뒤에 서서
온종일 운다

세상살이 버거우면
잠시 쉴 수도 있는 것을
뒤통수 맞고 넘어지고
부서져서 온종일 운다

가슴 속 젖어드는
울음소리
먹먹한 삶도 지나면
추억이 되겠지

들판의 곡식을 먹고
나뭇잎 이불을 덮으며
흙으로 돌아갈 몸

언제쯤 행복이 찾아올까!
아 언제 웃음이 찾아올까!

너는 나를 보고
나는 너를 보고
이제라도 웃자

– 「내가 나에게」 전문

6연 19행으로 짜인 시에서 시인은 울고 있다. "너는 앞을 보고 울고 / 나는 뒤에 서서 운다" 세상살이 버거워 "온종일 운다" 독백한다. 자아와 자아의 교감이지만, "울고 있다"는 상황의 심각성은 독자에게 각인된다. 울고 있는 이유는 2연에서 진술한다. 세상살이가 힘들기 때문이다. 삶이 버거울 땐 쉬어야 하지만. 생존의 빵 탓에 휴식할 수 없는 현실이다. "온종일 운다"는 의미는 절망이 깊은 탓이다. 위기 앞에 놓인 존재는 "너와 나"이다. 너와 나는 모든 인간을 상징한다. 5연의 표현은 절망에서 "구원"을 소망한다. 이 지점에서 류봉희의 시적 지향이 인간학적 구원에 있음을 포착한다. 너도 웃고, 나도 웃는 구원을 목표로 언어를 매만진다. 자기만족이나 욕구 충족보단 인간의 영혼을 사랑하여 시를 쓴다. 그의 목소리가 슬픔에 젖어 있다면, 언어적 한계성을 절감했기 때문으로 이해하면 정확하다. 시에 등장한 "너와 나"는 하나이면서 둘이고, 둘이면서 하나이다. 시적 정황을 응시하다 보면 참 자아와 대면 할 수 있는 사유공간이 형성된다.

2. 대중에 전하는 희망 메시지

시인과 독자 사이엔 소통적 거리감이 형성된다. 가까이 가고 싶지만, 가까이 갈 수 없도록 가로막는 한계 지점이 존재한다. 말할 수 있는 것과 말할 수 없는 것의 한계를 때론 초월하고, 때론 철저히 지키는 것이 언어를 조탁하는 시인의 숙명이다. 세상 현실을 위기로 인식한 화자는 절망 속에서 희망의 통로를 개척하는 소명감에 불탄다. 절망적 상황을 인식케 하고, 쾌락적 의식을 치유하는 고독한 존재가 류봉희이다. 그는 존재론적 회의 속에서 희망을 노래한다. 시인의 책무를 하늘이 주신 운명으로 인식한다.

눈이 이쁜
사람이 좋다

눈이 이쁘면
마음이 밝은
사람들이 많다

마음이 밝으면
행복해서
나는 즐겁다

행복은
소소함으로
찾아오고
너는 눈이 이쁘다

– 「눈이 이쁘다」 전문

대중적 메시지는 난해하지 않을 때, 효과적이다. 언어적 난해성을 탈피하면 평이하다는 평가를 받기도 한다. 이 시는 독자에게 툭 던져주는 미학적 표현이다. 그가 눈에 집착하는 이유는 명확하다. 눈과 마음을 하나로 묶어 존재의 성찰을 유도했기 때문이다. "눈이 이쁘면 / 마음이 밝다"는 표현은 눈의 형태나 구조를 말하는 것은 아니다. 외모와 조화되지 않는 비대칭 눈을 가졌더라도 탐욕을 비운 순수한 모습을 묘사할 때, "너는 눈이 이쁘다" 표현한다. 류봉희의 의식을 맴도는 단어는 "소소함"이다. 행복의 본질이 거창하거나 화려하지 않다는 시인의 자의식은 진리에 근접한 깨우침이다. 나는 "눈이 이쁜 사람"이 좋다는 시인의 목소리는 성형 천국 시대를 질타하는 예리

한 외침이다. 이 시는 탐욕으로 충혈된 눈빛들을 마음 밝은 예쁜 눈으로 변신케 한다.

소라게가 지나간다
등에 소라가 없으니
이젠 집게가 되었다

바닷가에 빗물이 스며들 때
어딘가 모를 허무
어깨가 흔들리는 듯하다

아무것도 없다, 바보다
계획도 없다, 준비도 없다
그런 삶이 슬프다

소라껍데기 하나 줍고
곁에 놓는다
이런 모습이 겹쳐 보여
난, 더 슬프다

– 「집게」 전문

시는 상상과 언어의 산물이다. 동시에 관찰과 직관의

함축이다. 사물에 대한 세밀한 관찰은 진리적 깨우침을 제공한다. 첫째 연에서 소라게와 집게는 동일한 사물이다. 집게는 빈 소라를 만나면 뒤집어쓰려는 습성이 있다. 소라를 뒤집어쓰면 소라게, 무겁다고 벗어 던지면 집게이다. 시인은 시공간에서 세상 인간을 대별한다. 소라게와 집게로 양분한다. 그 기준은 셋째 연에서 표현한다. 이 세상 개펄을 기면서 계획도 희망도 없는 부류는 집게집단으로 의식한다. 인간의 삶, 그 궤적을 추적해 보면 소라게보단 집게 인생이 더 많다. 꿈과 희망을 상실한 존재를 바라보며 시인은 탄식한다. 무겁고, 귀찮지만, 구도자적 생을 포기해서는 안 된다는 공감대가 이 시에서 형성된다. 류봉희의 생은 소라게와 집게의 삶을 동시에 체험했기에 이 시를 쓴 것 같다. 결론에서 소라껍데기 하나 주워 놓고 고뇌하는 시적 표정은 대중적 환기가 목적이다. 당신은 집게인가? 소라게인가? 묻는 시인의 목소리에 진솔한 화답을 요구한다. "난, 더 슬프다" 시의 결론은 심각하지만, 차분하게 읽혀지는 작품이다.

3. 시의 감흥과 생의 파편들

시인은 시집의 제목을 『돌 세공하듯』으로 붙인다. 표제에서 느끼듯 각 작품이 체험의 표출이다. 시를 읽으며 눈물이 나려고 하거나 가슴 뜨거워지는 언어적 신비를 체감할 때가 있다. 시적 메시지에 동화, 혹은 견인됐기 때문이

다. 자신의 전부를 드러내지 않고, 자신의 전부를 감추지
도 않는 시적 독백은 생에 박힌 파편들이다. 시인은 고통
스러웠던 상처와 흉터를 공개하며 생의 의미가 함축된 언
어로 가공한다.

가을이라
쌀쌀할 줄은 알았지만
우박이 내릴 줄은 몰랐네

하천 근처라
안개 자욱할 줄은 알았지만
빗줄기로 때릴 줄은 몰랐네

모처럼 힐링 공간에
마음과 마음들이 모였고
아픔을 서로 위로하며 웃었네

어기어차 웃고
어허 둥둥 어깨 춤추고
빗줄기 내려도 괘념치 않았네

－「공유」전문

이 시는 예고 없는 환란, 혹은 위기 상황을 다룬다. 1연과 2연의 종결에서 우박과 빗줄기로 때릴 줄 몰랐다. 독백한다. "빗줄기로 때렸다"는 표현은 상황의 심각성을 환기한다. 시적 이미지의 중심엔 상처 입은 자아가 놓였다. 우박과 비가 쏟아질 줄 몰랐다는 자영업자의 비명을 우리는 듣는다. 물가는 치솟고, 매출은 감소하여 금융권 이자를 감당할 수 없다는 절망의 피눈물을 본다. 이런 위기 상황은 예고 없이 엄습한다. 시인은 위기의 해결방법으로 「공유」라는 해결책을 제시한다. 3연에서 "마음과 마음들이 모여 / 서로 위로하며 웃었다" 표현한다. 그 후엔 "빗줄기 내려도 괘념치 않았다" 마무리 짓는다. 자타 위기의 극복은 이기주의를 탈피한 사랑에 있다. 타인의 아픔을 위로하고, 자신의 상처를 치유한 과거 시인의 모습이 포착된다. 류봉희는 구도자, 말의 연금술사이다. 생의 파편 조각을 펼치며 '서로 사랑하라'는 메시지로 대중을 결합한다. 이미 공유가 사라진 세상에서 상생과 공존이 회복될 지는 의문이다.

드디어
입술 벌려
혀를 내밀었구나

그동안
꾹 닫힌 문 때문에

오돌오돌 떨었단다

야야 온몸으로
서리를 맞으며
기다린 보람이 있구나

애태우며 핀 봄꽃
긴 숨 걸음이 눈물겹고
새로운 삶이 떨려 운다

    − 「봄꽃」 전문

  이 시에 등장한 봄꽃은 고통을 견디며 인내한 자신을
상징한다. 시인은 생에서 다양한 사건들을 체험한다. 한
동안 기도조차 할 수 없는 고통 속에서 눈물 흘린 자국
도 포착된다. 2연에서 "꾹 닫힌 문 때문에 / 오돌오돌 떨
었단다"는 독백은 그 고통이 상당 기간 지속되었음을 의
미한다. 절망적 상황이 지나가고, 꽃 피는 봄이 오기를
고대하며 인내하는 존재가 바로 인간이다. 시인은 1연에
서 드디어 "혀를 내밀었다"는 표현으로 긴 고통의 시간이
흘러갔음을 전한다. 물질적 절망과 육체적 질병으로 신
음하는 상황에서 "살았다" 입을 열어 외치는 인생의 봄만
큼 귀한 것은 없을 것이다. 류봉희는 눈물이 많다. 그의
언어는 눈물에 젖었지만, 희망의 햇빛에 말린 뽀송뽀송한

언어이다. 절망적 상황에서 좌절하지 않고, 꿋꿋이 일어선 재기와 승리의 언어이다. 생의 체험들을 묶어 시집을 상재하는 것 보니 그 가슴 속, 앙증맞은 봄꽃 피었음을 확인하게 된다.

낯설다
지금 이 시각이
자동차 바퀴 굴러가듯
움직여야 할 시간
난 멈춰져 있다

봄 햇살 비추고
닫힌 차창 너머로
따스함이 묻어 있는데
낯선 환경에 놓인
생물처럼 불안하다

어떤 부품이었을까
잘 짜인 톱니바퀴처럼
그렇게 돌고 있는데
내가 멈추어 있는 사이
세상도 잠시 주춤했을까?

지금 하늘은

미세먼지 가득하고
내 마음은
애달픈 초침으로
냇물처럼 흐르고 있다

　－「바둥거리다」 전문

　시인의 향해 날아온 가장 고통스런 파편이다. 시간이
흐르지만, 시간 속을 동행하지 못했던 절망과 두려움을
표현한다. 녹슨 적 없는 육체가 "멈추었다"는 의미는 외적
타력에 의한 강제적 고립이며, 형벌의 순간이다. 인간의 생
에서 행보하지 못하는 상황만큼 심각한 위기는 없다. 3연
에서 내 몸속 "어떤 부품이었을까" 그 부품 때문에 '바둥
거렸다'는 의미는 다양하게 해석된다. 큰 위기를 넘겼으니
생이 다할 때까지 영적, 육체적 멈춤은 없을 것 같다. 육체
가 병실에 묶인 기간 동안, 시적 촉수와 내적성찰은 깊어
졌을 것이다. 발버둥 쳐서 획득한 귀한 축복이다.

4. 삶의 진리 채굴과 시적 지향

　산을 그냥 보았다

　공간을

접고 보니
바위에
앉은 듯한
사람이 보였다

웃는다, 아니
홀린 듯
내게로
미소가 왔다

지금도
산을 그냥 보고 있다

– 「대화 1」 전문

　시인의 의식은 일반인들과 다르다. 길을 걸으면서도 무엇인가를 찾는다. 사건, 사물속의 진리 채굴은 시의 종자가 된다. 1연은 "산을 그냥 보았다" 진술한다. 산을 바라보며 무의식 상태로 교감한다. 사물을 관조하는 깊은 침묵은 시인의 독자적 무기이다. 2연에서는 거대한 공간을 축소하니 "바위에 앉은 듯한 사람이 보였다" 3연은 "웃는다 / 아니 홀린 듯 / 내게로 미소가 왔다" 표현한다. 이런 시의 내용은 그의 시적 개성이며 상상 속 이미지다. 대부분의 서정시가 본 것에 대한 시적 상상력을 가미하여 존재의 층위를 형성한다. 사물 탐색에 있어서 시인은 독특한 방법을 사용한다. 그냥 바라보는 침묵적 교감이다. 거대한 산과의 교감은 내적 성찰로 연결된다. 류봉희 시의 원천은 '반성적 성찰'이다. 내적 성찰을 통해서 깊이 있게 파고든다. 타인과의 떠들썩한 대화 보단 내적 자아와 의미 깊은 소통, 영적 교감을 즐기는 스타일이다.

숲이 너를 숨겼구나!
고목이 너를 품었구나!

밤새 내린 폭우가
너를 어찌하지 못해
맑은 물만 졸졸

오대산
월정사를 거닐다
너를 보니

밤잠을 설치며
괜히
걱정했구나!

아침에
날이 좋아서

햇볕이 따뜻해서
너도 빛이 났구나!

– 「이끼」 전문

폭우가 쏟아진 다음 날, 그의 눈에 포착된 생물은 바위를 덮은 이끼이다. 4연에서 시인은 "밤잠을 설치며 / 괜히 / 걱정했구나!" 독백한다. 근심, 걱정을 내려놓는 이 말은 독자에게 전이 되어 재충전 에너지로 회전한다. 인간의 삶은 이끼의 생존과 유사하기 때문이다. 폭우에 휩쓸릴 것 같지만, 푸른 생명력은 끈질기고 악착같다. 세상 현실과 절망에 달라붙어 소멸되지 않는다. 1연에서 시인은 "숲이 숨기고 고목이 품었다" 표현한다. 이 말의 의미는 신의 허락 없는 버림이나 절망은 결코 없다는 뜻이다. 극한 상황에서도 자기가 자기를 포기하지 않는다면, 언젠가 푸른빛, 찬란할 수 있다는 희망의 메시지이다. 푸른 이끼는 존재를 상징한다. 맑은 물, 혼탁한 물, 어디든 생존의 뿌리를 내린다. 인간도 마찬가지이다. 월정사를 찾은 시인은 이끼를 통해서 의식주의 공포에서 탈피하는 법, 현실을 초월하며 자유 하는 법을 고승처럼 설한다. 시공간 법회에 참석할 대상은 출간 이후, 시를 읽을 독자들이다.

5. 마무리 - 웃음으로 걷는 길

찌르르
시골 향기 벗 삼아
모였으니 웃자

행운이
스쳐 가도 아직
시간 있으니 웃자

어느 날
뒤돌아서 본 하늘이
미소 띠면 웃자

행복은
웃어줄 때 아름다우니
맑은 꽃처럼 웃자

- 「웃자」 전문

　요즘 대중들의 얼굴에서 웃음이 사라졌다. 불투명한 미
래가 두려운 때문이다. 땀 흘려 일해도 이것저것 제하면
마이너스 인생이다. 시인은 독자에게 "웃자" 각 연에서 강

조한다. 억지로라도 웃고 살기를 원하는 시인의 위로가
느껴진다. 시인의 자의식엔 두 유형이 존재한다. 웃는 자
와 흐느끼는 자이다. 절망하는 자와 꿈꾸는 대중이다. 이
번 시집에 수록된 시편들은 웃음을 회복시키고픈 시인의
특별 선물이다. 고로 자아체험을 진솔하게 풀어 놓는다.
시적 기교보다 시의 진정성을 전달한다.

  비 내리는 날

  마음은 이미
  제습기를 틀고
  뽀송하게 보낼
  그곳을 찾습니다

  나의 제습기는
  바로 그대입니다

  삶이 삶을 갉아먹고
  스쳐 가는 통장을 보며
  오늘 하루는 원샷

  –「월급 날」 전문

월급봉투를 받은 시인의 경제도 넉넉하지 않아 고달프다. 그날이 다른 것은 "원샷" 자축 만찬에 있다. 삶이 삶을 갉아먹는 현상, 예금통장의 잔고가 사라지는 속도는 엇비슷하다. 누군가 황금알 거위를 키우는 것 같아도 그 실상을 추적해 보면 약병아리 끌어안고 있음을 확인하게 된다. 인간의 삶은 별반 다르지 않다. 먹고, 마시고, 사랑하고, 고뇌하고, 흐느끼며 갈등한다. 우리는 울지 말자, 웃고 살자는 시인의 목소리가 윙윙 제습기처럼 회전하며 절망을 건조한다. 팍팍해진 대중의 삶을 조금이나마 위로한다. 시의 메시지에서 깨우친다면 인생길, 희망을 노래할 수 있을 것이다.

「초심은 외출 중」, 「예쁘다」, 「나만 그런 것이 아니길」, 「맞춤의자」, 「무심」, 「모닥불」, 「3월의 봄」, 「칠보산 오르며」, 「음악카페」, 「너머로」, 「너는 가까운 곳에」, 「간이역」, 「천안을 걷다」, 「이봐」 등의 시편들은 음미할 만한 작품이다. 인연 닿는 독자의 일독을 권한다.